GUIADA POR SUS SUEÑOS

Mar&elles

GUIADA POR SUS SUEÑOS

Ilustraciones: Ayün Montupil S.

Editado por: Corporación Ígneo, S.A.C.
para su sello editorial Ediquid
Av. Arequipa 185 1380, Urb. Santa Beatriz. Lima, Perú
Primera edición, abril, 2023

ISBN: 978-612-5078-84-1

Hecho el Depósito Legal en la Biblioteca Nacional del Perú N° 2023-03017
Se terminó de imprimir en abril del 2023 en:
ALEPH IMPRESIONES SRL
Jr. Risso Nro. 580 Lince, Lima

www.grupoigneo.com
Correo electrónico: contacto@grupoigneo.com
Facebook: Grupo Ígneo | Twitter: @editorialigneo | Instagram: @grupoigneo

Colección: Nuevas Voces

Contenido

Dedicado a cada uno de mis cuatro hijos,
que conocen poco sobre
la cosmovisión mapuche, pero mucho
de la devastación de su pueblo.

Introducción

Esta novela ha sido guiada por sueños, como su nombre lo indica, no es solo mi imaginación. La obra está basada en recuerdos de una historia en especial (los años 90, más específicamente), así como de relatos orales del campo de la Araucanía y de ciertas noticias informativas de mi país.

Está escrita para púberes, adolescentes y para todos los que se sienten enfermos por percibir, soñar o fluir en su imaginación y/o en su espiritualidad. En este relato se muestra a una niña, luego adolescente, vivir sus encuentros con otras dimensiones de la consciencia; este hecho la posibilita de tener percepciones diversas que le permiten la evolución trascendental del existir y reconocer el propósito que tendrá en su vida. No obstante, para los padres es muy difícil comprender lo que sucede en su mente.

Dada la experiencia de la protagonista, se advierte lo fundamental que es expresar sus vivencias en un contexto protegido, con personas confiables y significativas que puedan preservar su integridad psíquica.

Como autora, mi anhelo por el surgimiento de líderes que logren la cohesión, justicia y derecho del pueblo mapuche, así como el respeto hacia la naturaleza, me transporta hacia mis propios sueños e imagino a la protagonista de estas líneas transformada en una guía llena de sabiduría para luchar y transmitir las demandas de un pueblo vulnerado.

De igual forma, intento mostrar la existencia de diferentes creencias y culturas entre los seres humanos, en ellas podemos compartir y encontrar personas que logren comprender, en algún momento del espacio y tiempo, nuestros sueños espirituales o azules.

Verano extremo, año 2022

El viaje mensual

María Gracia, de trece años, se prepara para viajar al sur de Chile. Junto a su madre, Elisa, esta noche viajarán a la Araucanía.

Elisa prepara una maleta donde llevan la ropa más abrigada para pasar el frío de la región. Una vez al mes, el viaje de diez horas aproximadamente en bus las aleja de la ciudad para internarse en el campo de la Araucanía. Un largo viaje nocturno que al otro día tendrá la recompensa ansiada: reencontrarse con Nahuel, el padre y esposo.

Ya ha pasado más de un año desde que Nahuel fue trasladado al sur, junto a su empresa forestal, cerca de la comunidad familiar mapuche. En ella nació y creció hasta los veinte años; a esa edad llegó a la capital del país, buscando un mejor futuro, como muchos lo hacen. Aunque trabajan arduo, pocos logran lo anhelado. Nahuel consiguió un trabajo y el amor en Santiago.

La historia familiar

Elisa llegó al país invitada por su hermano mayor. Este la convenció para que realizara sus sueños de estudiar enfermería. En Perú, su lugar de origen, era impensado para ella educarse, así que la invitación la impulsó a cruzar la frontera. Sin embargo, su hermano pasaba semanas completas sumido en el alcohol. El sueldo de él, si bien alcanzaba para pagarle sus estudios, entre el derroche de su vicio, los dos hijos pequeños y su pareja, se esfumaba con rapidez entre sus dedos. Elisa comprendió que de esa manera su hermano no le aseguraba nada, desistió de estudiar, encontró trabajo como asesora del hogar en un barrio adinerado de la capital y se fue.

En este lugar le ofrecían descansar desde el viernes en la tarde hasta el lunes en la mañana, no obstante, por el mismo sueldo, ella prefirió salir solo los domingos de esa casa. Este día lo eligió para visitar a su familia. Sus empleadores le dieron el trabajo y fue muy valorada, sobre todo por tenerla la mayor parte del tiempo con ellos y con sus tres hijos, niños a quienes tenía que cuidar.

Elisa pasó cinco años trabajando, sin estudiar, sin ningún cambio en su vida; entre tanto, su hermano volvió al Perú para alejarse de sus responsabilidades como padre y pareja. Ella asumió ayudar a su única familia, la familia de su hermano, y cada domingo los visitaba. Les llevaba regalos, ropa de los niños que cuidaba y dinero, también ahorraba lo que podía con la intención de transformar su vida en algunos años.

Nahuel y Elisa se conocieron cuando este fue a trabajar en construcción al sector alto de la capital, cerca de donde ella vivía. Se encontraron en dos ocasiones, por casualidad, en el supermercado. Desde esa última ocasión, Nahuel salía a comprar con la intención de encontrarla y ella también se encaminaba al lugar pensando en él.

Como si se hubieran puesto de acuerdo, coincidían cada vez más en sus horarios, cada día se topaban y se sonrojaban al verse. Nahuel y ella se reían, algo hablaban en esos encuentros hasta que, luego de un mes, se vieron en una cita concertada por ambos. Fueron a la plaza de Armas de Santiago, donde plasmaron su amor y desde ese entonces no se separaron.

Seis meses después de esa cita se fueron a vivir juntos y, luego del año, tuvieron a su primera y única hija, a la que aman infinitamente. A María Gracia la cuidaron juntos durante diez años.

En sus primeros años de vida e incluso hasta ahora, en su adolescencia, ella no ha estado bien de salud. En algunos momentos tiene fiebre alta y se despierta muy asustada, es retraída y se apabulla constantemente al interactuar con el mundo exterior. Durante algún tiempo la llevaron a la asistencia pública, con médicos generales y psicólogos; en una ocasión la derivaron a un especialista de salud mental, donde mencionó que deberían observarla hasta su adolescencia por un posible diagnóstico de esquizofrenia.

Ni Nahuel ni Elisa creyeron en el posible diagnóstico y dejaron esa vía de inmediato. A la madre, una conocida le recomendó que llevara a su hija a otro especialista, aunque debían pagar por su propia cuenta. Fueron los tres a la consulta, la médico hizo muchas preguntas, no solo con respecto a los síntomas físicos, ordenándole exámenes para revisar en la siguiente sesión. En la segunda cita solo encontró en los resultados un problema de defensas bajas, las cuales mejorarían con vitaminas, confirmándoles, de nuevo, que la dificultad correspondía al área de salud mental.

Ella les explicó la responsabilidad que tenían como padres, basada en la seguridad no solo física y afectiva de su hija, sino también en la psicológica y social. Estos, conmovidos, manifestaron el miedo que sentían por su hija, por sus síntomas. La mujer, al entender lo sucedido, prefirió continuar con la atención de la familia y apoyarlos; observando a la niña, utilizando medicamentos tanto tradicionales como alternativos, dándoles consejos sobre cómo tratarla en su vida diaria, cómo llevar una alimentación muy saludable y mejorar su calidad de vida. Los padres se mantuvieron con ella algunos años, hasta que dejaron de asistir a su consulta.

Elisa y Nahuel también tuvieron problemas con María Gracia en su época escolar. Todas las mañana había llanto y resistencia, lo que hizo imposible mantenerla en una sala de clases. Lograron lo necesario, a través del director del establecimiento, para educarla por ellos mismos en el hogar. Así, cada vez que se requería, Elisa la acompañaba a rendir sus evaluaciones en una sala predispuesta solo para ella. Allí estaban su madre y la profesora del nivel.

María Gracia tenía muy buenas notas; era muy ágil y suspicaz mentalmente, no obstante, por su retraimiento, se percibía como una niña menor a su edad cronológica, con dificultad intelectual, así como con falta de recursos para relacionarse con otros. Casi no hablaba frente a su profesora y menos aún si se encontraba con sus compañeros del nivel. Tomada de la mano, no soltaba a su madre y se trataba de esconder detrás de ella.

Aunque Nahuel trabajaba en diferentes empresas de construcción, tenía el espacio para estar con sus dos amores, apoyar en las labores del hogar y la mayor parte del tiempo se lo dedicaba a estar con su hija. Sin embargo, al pasar de los años, se les complicaba más la situación económica, aunque ambos tenían la creencia de que la madre se debía dedicar a su hija y al hogar.

Cada día el dinero se hacía insuficiente, tanto para una educación de calidad para María Gracia (al crecer y pasar de curso a ambos se les complicaba apoyarla pedagógica y educacionalmente), como para seguir pagando a su doctora particular.

La doctora era un buen soporte para la familia, haciendo honor a su especialidad como médico familiar. La chica estaba más tranquila pero sus terrores nocturnos y miedos al contacto permanecían. Sus padres no querían volver a la salud pública del país, lo justificaban diciéndose: «no es rápida», «las listas de espera son tan largas y con tanto tiempo de desfase que es mejor pagar la salud privada». Aunque sus comentarios no eran erróneos, era mayor el miedo al diagnóstico: temían que su hija, que ya era una adolescente, enloqueciera; este terror impedía contradecir sus afirmaciones.

Es así como Nahuel se vio motivado a postular a empresas forestales, una forma en la que los obreros optaban por un trabajo bien remunerado. Este tipo de rubro contrataba a operarios jóvenes con buena salud, con o sin estudios. De esta manera, las compañías se fortalecían con mano de obra de hombres fuertes que hicieran el trabajo pesado; varios de sus conocidos, con quienes trabajó en construcción, incursionaron en este tipo de empleo. Nahuel debía asumir que ya no estaría todo el tiempo con María Gracia y Elisa, que viajaría a diferentes lugares del país.

Una tarde, antes de dormir, conversaron y le explicaron a María Gracia lo que se proponía su padre. Entre los tres determinaron que era lo mejor para la familia.

Nahuel logró entrar a la empresa forestal, apoyado por dos amigos que ya eran empleados. Realizó diferentes trabajos, desde limpiar el lugar hasta ensamblar las máquinas importadas; ejecutaba todo lo que le pidieran que hiciera. Pasaron tres años, durante este tiempo aprendió a manejar el automóvil de los jefes e incluso camiones; sacó licencia para conducir vehículos simples y luego la empresa le pagó un curso en una escuela autorizada para obtener una especialización como chofer para camiones de carga. Muchas veces se quedaba en Santiago o se trasladaba al sur por máximo una semana.

El padre de María Gracia tenía treinta y seis años y llevaba más de quince años en la capital y, por primera vez, sentía que tenía un oficio que lo hacía feliz, además de contar con un buen sueldo.

Nahuel, como muchos mapuches, dejó su tierra con el ideal de una vida mejor. Algunos llegan del campo a la ciudad solo con educación básica o media terminada, y son pocos los que han logrado estudios superiores o profesiones con las que puedan competir en Santiago. Todos desean e imaginan mejor calidad de vida. La capital del país no tiene ninguna relación con el trabajo que hacen en sus tierras: con la huerta, picar leña para la cocina, alimentar o arrear los animales y otras tantas faenas que realizan junto a sus padres y abuelos. Este desafío se acrecienta gracias a la discriminación propia de venir de provincia y más aún de una etnia que en los sectores adinerados, y en algunos casos también en los no adinerados, no es reconocida en igualdad de derechos.

Nahuel, de ancestros mapuche, hablaba español y balbuceaba su lengua origen, el mapudungun. Al llegar a Santiago, con su cuarto de enseñanza media terminada, trabajó en empresas constructoras. Quizás para él fue mejor olvidar de dónde venía, al menos los primeros años. Esto pudo deberse, quizás, a los deslumbrantes edificios y a la vida rápida citadina, o por la discriminación que sufrió al decir su procedencia. Aunque sintió que algo le faltaba, nunca pensó que podía ser el sur. Desde que se casó con Elisa, y durante once años, no se había cuestionado volver a sus tierras.

En la capital era común contratar a mapuches en el sector construcción por ser mano de obra barata: la enseñanza educacional, en este país, no les servía para mucho más. Con respecto a las mujeres, algunas eran asesoras del hogar, labor en la que, igualmente, eran explotadas por los sectores altos y acomodados de Santiago. Al entender esta dinámica, Nahuel siempre prefirió callar su origen.

El cambio

Un día lo llamaron, junto a otros operarios de camiones, para comunicarles un nuevo trabajo. Les dijeron:

—Se trasladarán a la Araucanía hacia los sectores de Lumaco, Los Sauces, Ercilla, Collipulli, donde deberán extraer la madera de extensiones de predios que hemos comprado; serán muchos años de trabajo arduo, si quieren continuar con la empresa deberán vivir allá.

Muchos de sus compañeros no estuvieron dispuestos y renunciaron. Nahuel, al contrario, sintió que le hablaban de un regalo. En ese momento su vida dio un vuelco: se dio cuenta que extrañaba su tierra.

«Encontrarme de nuevo con mi gente y echar raíces», fue su primer pensamiento al escuchar la orden. Esta idea rondó en él desde antes de partir.

Al contar la noticia a sus amores, le prometió a Elisa y a María G, como llamaba a su hija ahora adolescente, que construiría una linda casa para que los tres vivieran en el sur.

—¡Les haré una casa hermosa en mi tierra! ¡Será frente al bosque, tendrán la mejor vista, pondremos árboles frutales y haremos un pozo; comeremos todo cuanto queramos!

Elisa y María G se admiraban de verlo tan contento. Él, de un momento a otro, cambió. Mostró un nuevo mundo, desconocido para ellas. Era una transformación que no se esperaban.

—Ustedes, irán una vez al mes a pasear al sur —les decía—, así de a poco se acostumbrarán. Después no volverán a la capital, estarán tan a gusto que no dejarán nunca más nuestras tierras.

En la empresa le explicaron que él se dedicaría al transporte de los árboles, los que serían talados en la región de la Araucanía. Tendría un buen sueldo que le permitiría un buen pasar.

Es así como, mes a mes, Elisa y María G esperaban que Nahuel les dijera dónde estaba esa casa hermosa que les había prometido. Deseaban que el deambular mensual terminara, querían quedarse en el sur a vivir con él.

Los bellos paisajes del sur

Elisa, sentada cómodamente al lado de María G, intenta dormir. La niña disfruta mirando el paisaje por la ventana; este, a través del paso de los kilómetros, se transforma. El bus se aleja del cemento de la capital y el panorama cambia a verde, naturaleza con lluvia que va humedeciendo el camino y, a su vez, los recuerdos de María G.

Los viajes al campo la inundan de alegría. Visitar el sur la ha apoyado en su recuperación. Es un poco más extrovertida, lo que le permite compartir lo que siente con su familia, mostrarse con menos temor frente a otros, en especial con respecto a su familia sureña.

—¡Mamá, mamá! —le habla con entusiasmo—. ¡Me gustaría poder salir y disfrutar con la lluvia que cae!

Elisa la mira, solo se sonríe y espera que siga hablando como siempre lo hace en estos viajes, donde la ansiedad por llegar pronto se apodera de ella. Aunque su madre no tiene ánimo, la sigue mirando con los ojos semiabiertos.

—¡Quiero mojarme completa como ha pasado otras veces!

La niña sigue hablando, con diversión y emoción.

—El frío hará que resuenen mis dientes y, con la ropa mojada, caminaré como zombi.

Se ríe, mirando por la ventana el cielo que se oscurece al pasar las horas. Al cabo de un rato se vuelve hacia su madre y le grita de nuevo:

—¡Mamá, mamá! —baja la voz y le dice, abrazándola—. Siento tanta alegría cuando tú corres hacia mí y me mueves como coctelera, riéndote.

Calla por un instante y retoma el diálogo:

—Y tú cambias mi ropa mojada por otra seca ¡al calor de las brasas del fuego de la cocina a leña de papá!

Sin parar el entusiasmo sigue hablando a su madre como si pudiera ya estar en el agua, chapoteando. Elisa sonríe, adormilada, recordando la imagen de Santiago seco.

Ella vive acongojada en una ciudad que no disfruta. En su deambular imaginativo visualiza a Nahuel, con él el lugar le parecía entretenido; la capital era divertida, aunque seca y con esmog. Imagina los parques que visitaban los fines de semana y que, en esos instantes, le parecían fantásticos. Al igual que su hija desea estar junto al calor de la cocina a leña y al lado de ese hombre grande y amoroso a quien extraña todos los días.

—¿Cuánto falta, mamá? —pregunta la niña a su madre—. ¡Ya quiero ver a mi papá!

Entonces se da vuelta para seguir mirando por la ventana, sin esperar la respuesta.

Elisa sigue imaginando el verdor de los bosques, junto a su hija, deambulando entre árboles que tienen las hojas más hermosas y de diferentes colores. Recuerda a Nahuel hablándoles de la tierra, de los indígenas mapuche, de los árboles nativos y del cambio del paisaje, con los pinos y eucaliptos. Él también les habla de la sequía, que ocurre gracias a las empresas que se apoderaron del agua que había en la región.

En los últimos meses, su esposo ha aprendido lo que ocurre en la comunidad. Junto a su familia de origen, sobre todo en conversaciones con su hermano mayor, Jerónimo, ha descubierto la falta de respeto que tienen las empresas forestales hacia la cultura mapuche y hacia la tierra.

En casa de Jerónimo, quien vive con su esposa Juana y sus dos hijos, Manuel de diecisiete y Juan de doce años, se habla sobre lo que sucede en los campos y sobre la falta de agua para los cultivos de las comunidades. Estos diálogos han modificado en Nahuel su relación y motivación con respecto al trabajo y han contagiado los encuentros con su esposa e hija.

Elisa va recordando las diferentes conversaciones con su esposo. Hubo un episodio en el que María G, al escuchar a Nahuel hablar sobre la sequía de la región, le dijo a su madre en voz baja:

—Acá hay mucha lluvia, mamá; veo ríos y lagos, todos con mucha agua.

Unos segundos después, un poco enojada y alzando la voz, para que su padre escuchara, dijo:

—¡No entiendo por qué ves todo tan seco, papá!

Elisa recuerda que le parecía lo mismo que a su hija, pero ella nunca ha interrumpido a Nahuel como lo hace María G. No obstante, él sigue relatando, en cada encuentro, lo que sucede con la región, lo hace con más fuerza y amargura.

Entre imágenes y recuerdos, Elisa se entrega al cansancio de la noche mientras el viaje continúa. Poco a poco, en la oscuridad, se duerme. María G aún mira por la ventana, pero a los pocos minutos busca los brazos de su madre y se refugia en sus sueños azules, sueños de los bellos paisajes del sur.

El amor familiar

Después de casi dos años, las promesas de Nahuel estaban siendo más limitadas. Ya no les habla en el mismo tono que al comienzo; no ha construido su casa; no existen árboles frutales, menos aún les pide que se queden más tiempo, como lo hacía al principio.

En la Araucanía está siendo más complicado vivir; existe el peligro eminente para los trabajadores de la forestal. Él lo comprende bien, el conflicto mapuche: las comunidades no están de acuerdo con estas empresas. A diferencia de otros, hasta ahora ha podido seguir y trasladarse en su camión, pero muchas veces lo han parado en el camino. Lo miran fijamente y le saludan en mapudungun; le hablan como a uno más. Nahuel responde, recordando las enseñanzas de sus padres, luego de un intercambio de palabras lo dejan seguir. Algunas veces, en un tono burlón, le dicen:

—¡*Peñi*, no puede quedarse aquí de esta manera, o se va o se une a nosotros, a su gente, a su pueblo! ¡Con las empresas forestales no, *peñi*! ¿No ve que le hace daño a su tierra?

Nahuel, en conversaciones con Jerónimo, ha interiorizado lo que sucede en el sector, las razones de la violencia hacia la empresa donde trabaja. El recambio de árboles nativos por pino y eucaliptos, que consumen mucha agua, ha afectado el ambiente natural, esto es contrario a la visión respetuosa que tienen los habitantes de estas tierras hacia su ecosistema.

En otro momento, otro de ellos le dijo:

—¡Por eso estamos enrabiados, *peñi*! Estos *winkas* no se dan cuenta del daño que provocan. Talan sin límites, se llenan los bolsillos, ni siquiera piden permiso a la madre tierra, ¡no tienen respeto para usar el territorio! ¡Por eso, *peñi*, tienen que salir las forestales de nuestra comunidad!

❄❄❄❄❄

La cocina a leña está encendida. María G tiene una grata sensación de tranquilidad, protección y hogar.

«Ya estoy con mi padre... ¡Cómo quisiera quedarme siempre aquí!», piensa ella mientras mira a su madre radiante, abrazada al hombre que ama.

Para María G estar en el sur es un cuento de hadas que vive una vez al mes. Suspira, riéndose, y mientras observa a sus padres se dice: «espero que mis pesadillas no me despierten y que pueda dormir tranquila».

María G tiene un secreto: desde muy niña sueña todas las noches con extrañas escenas repetitivas. Estas se acentuaron y formaron como escenas completas cuando pisó suelo sureño, de forma especial cuando vio el campo y los árboles del bosque que está en la tierra del tío Jerónimo. Algunos de estos sueños le atemorizan, pero la mayoría de ellos son tan hermosos como si hubiera estado allí. Despierta con la boca con sabor a tierra mojada, a árboles y hierbas de todos los aromas, siente como si los hubiese tenido en su interior.

Esa noche, como todas las noches, vuelven los paisajes, sin embargo, son más nítidos. En su sueño, camina hacia una laguna con vegetación muy espesa, donde existen animales con formas mitológicas; pájaros y conejos muy grandes, unicornios, serpientes como dragones. Al acercarse, aparece repentinamente una mujer que le habla en un lenguaje diferente. Le ofrece un ramillete de hojas, como de esos que venden en las ferias de hierbas medicinales; ella alza su mano para tomarlas, pero una de las serpientes lo impide, envolviendo su brazo, apretándolo tan fuerte que no le permite moverse. Despierta gritando, en la oscuridad. Está muy asustada y el brazo le duele.

—¡Hija! —grita su padre mientras entra corriendo a la pieza—. ¿Qué te pasa?

—No sé, papá —dice, entre sollozos, la joven. Tiene la mirada fija en las imágenes que se esfuma entre las paredes.

—Una pesadilla, ¿qué soñaste? ¿Qué te asustó? —le dice su madre, quien llegó detrás de Nahuel.

La abraza fuerte para calmarla y ella no cuenta nada.

En más de una ocasión, Elisa atribuyó las pesadillas a las lecturas nocturnas que la niña hace desde pequeña. En un momento le dijo que, si las pesadillas seguían, le iba a prohibir quedarse de noche leyendo, cosa que nunca hizo. En su interior, sabe que los sueños no son responsabilidad de los libros.

María G empieza a leer con gusto debido a una recomendación médica. En principio, leía cuentos infantiles, luego prefirió revistas o libros de ciencias. Este es un hábito que le ayuda a tranquilizarse y a dormir. Sus padres habían aprendido que mientras más leía de noche, menos soñaba con los contenidos que la asustaban.

—Papá, ¿puedo acostarme con ustedes?

—¡Claro! Yo te llevo en mi espalda. ¡Suba, señorita! —responde el padre entre risas.

Se sube, se ríen y se van a la pieza, olvidando la pesadilla.

En la habitación de sus padres, María G está retraída, pensando en el lugar que vio en sus sueños. Ella lo reconoce, lo ha visto antes.

«¡Estoy segura de que el lugar está cerca de la casa de mi tío Jerónimo, donde se encuentra la laguna!», piensa. Antes de dormirse, le pregunta a Nahuel:

—Papá, ¿podemos ir a la casa de mi tío mañana? Quiero estar con mis primos, aprendí a andar a caballo y me gusta salir a pasear al campo. Me divierte mucho estar con Manuel y Juan.

Los chicos se habían criado en el campo, junto a Jerónimo y Juana, y eran apacibles. También querían a la niña, sentían el deber de cuidarla. Ella confiaba en ellos y no se ocultaba cuando se reunían, al contrario, disfrutaba de su compañía. Después de algunos minutos, él le respondió:

—Está bien, iremos donde Jerónimo, allí te podrías quedar. Yo había pensado en ir a la ciudad para hacer compras con ustedes.

—Podrían ir los dos solos y en la tarde me pasan a buscar —dijo la muchacha.

—¡Me parece una muy buena idea! Hace mucho tiempo que no estamos solos, es una magnífica oportunidad —le respondió Elisa a su esposo, mirándolo con picardía.

—Decidido —respondió él.

—¡Y ahora a dormir, señorita! —exclamó su madre, haciéndole esos movimientos de coctelera que a María G le encantan.

Lo de decirle «señorita» tenía apenas unos tres meses. Una noche despertó a sus padres con la cara sonrojada, diciéndoles:

—Ya soy señorita —mientras les mostraba su calzón con pintas rojas.

En esa ocasión los tres se rieron y bailaron contentos. Nahuel hablaba de la linda señorita que tenían al frente, haciéndole reverencias. Elisa la abrazaba y le decía «mi niñita se convirtió en toda una linda y grande señorita», así estuvieron varias horas. Desde ahí, cuando le dicen de esta manera, recuerdan esos momentos de alegría que pasaron juntos.

❄❄❄❄❄

Al día siguiente en la mañana, se prepararon para salir rumbo a la casa del tío Jerónimo. A María G le encanta estar con su familia del campo. Ellos nacieron y se criaron en ese mismo lugar.

La tía Juana, mujer muy bondadosa, la quiere como su hija y la regalonea. Además, muchas veces la deja cabalgar sola. Pide a sus hijos que, antes de salir, se preocupen de pasarle un caballo bien ensillado y que la esperen al regreso para bajarla. En los últimos meses sus primos ya no la acompañan, cabalga sola por las tierras de sus tíos. Anhela que nuevamente esto suceda para buscar el lugar de sus sueños.

Los caballos son muy suaves y se dejan acariciar, ya la conocen. No se mueven a la espera de ser elegidos para que ella los monte. Sus primos aguardan a que escoja un caballo y, al hacerlo, lo preparan con la mejor montura. La miran alejarse, con lentitud; ella cabalga como si hubiera vivido todos sus años allí.

Los límites de las tierras están cercados, todos muy bien definidos, por lo tanto, no se preocupa de perderse, siempre estará dentro de la tierra de su familia.

El paisaje de sus sueños

Mientras cabalgaba, tenía una dirección a seguir segura. El camino era cada vez más claro, como si lo estuviera soñando. A medida que se acercaba, el miedo se apoderaba de ella. Sin embargo, a lo lejos se veía la laguna, pero no observaba los animales peligrosos saltando o emitiendo sonidos fuertes.

Había solo algunos pájaros y podía percibir los movimientos de pequeños insectos y arañas que se escondían a su paso. Estaba todo tranquilo. De pronto, su caballo empezó a saltar y relinchar, tirándola al suelo.

Al instante siente la presencia de algo a su lado. María G miró hacia arriba y vio a una mujer vieja, que llevaba un atuendo mapuche.

—¡Niña, no te asustes! —le dijo—. ¡Es hora de que tú entiendas lo que te sucederá!

Ella advierte que esas palabras señalan su destino. Las entiende, pero se nubla en ellas; está flotando, como en el sueño. «¿Estaré en una pesadilla de nuevo? ¿Estaré dormida?», se interroga a sí misma.

—¡Tú debes ayudar a tu pueblo! —le dice la mujer—. ¡Nadie puede ir en contra de lo que dice *Ngenechen!* ¡Tienes que quedarte a vivir aquí en estas tierras! ¡Aquí te ayudaremos para seguir el camino!

La chica no comprende que la mujer le está mostrando una verdad irrefutable desde la cosmovisión mapuche. Los designios del *Chaw Ngenechen* son claros: si una persona es elegida para ser *machi* debe cumplir ese mandato. Desde el primer sueño (casi siempre de niña), la persona debe empezar el aprendizaje; otra *machi* anciana le enseñará el camino de la vida que deberá llevar hasta que se encuentre preparada. Es un arduo y largo proceso que tiene que asumir, de otra manera se enferma o muere.

Así como apareció la mujer, desapareció. María G buscó su caballo con los ojos, este se había esfumado. Tuvo que caminar de vuelta a la casa y tenía la pierna adolorida, por ello debía sentarse a descansar constantemente; sentía miedo y pensaba una y otra vez en lo sucedido. «¿Qué me pasa? ¿Por qué mis sueños aparecen cuando yo estoy despierta? ¿Estaré loca?», se preguntaba.

No sabe qué hacer o decir ante esa posibilidad. Quería refugiarse en los brazos de sus padres.

Al llegar a casa de sus tíos, sus primos la esperaban en el patio junto al caballo que había vuelto solo. Corrieron a su encuentro:

—¡Estábamos asustados! —dijeron en conjunto.

—¿Qué te pasó? —interroga Juan, mientras la toma del brazo, ayudándola a entrar.

—¡No sé qué ocurrió! —respondió María G—. El caballo se asustó con algo, y me caí. Me duele el tobillo, es solo eso, ya se me pasará.

El resto del día no habló de lo ocurrido. Esperó a sus padres, quienes aparecieron en la noche. Venían muy alegres, contagiando a todos con sus bromas y risas. Ella se sintió mejor al verlos y tomó a su padre de la mano, no lo soltó hasta llegar a la casa. Se acostó junto a ellos hasta que se durmió. Esa noche no soñó nada.

❄❄❄❄❄

Era sábado y siempre jugaban a las cartas. Esa noche, María G no quiso participar y se fue a acostar. Al dormirse, de nuevo vino la pesadilla. Esta vez, más complicada.

Todo se volvió azul y la serpiente se acercaba y le susurraba al oído algo que ella no entendía; había más personas en su pieza, escuchaba sus voces. Al abrir los ojos, las sombras se movían con rapidez y sentía una fuerza extraña que la absorbía, que la tiraba con fuerza hacia el suelo. María G forcejeó hasta llegar a la cama de sus padres. Se aferró a su madre y se durmió sin decir ni una palabra.

Injusticia y pérdida

Mientras almorzaban el domingo, Nahuel les dijo lo que ambas jamás pensaron que él diría.

—Quiero decirles que yo iré a Santiago a visitarlas una vez al mes. No es posible que vengan más al sur. No quiero que me cuestionen, es por su protección, para que no les pase nada.

Ese fue el primer dolor sentido por ambas. Después llegaría el dolor más fuerte que penetraría sus almas.

❄❄❄❄❄

—¡María Gracia, ven rápido! —le gritó su madre esa tarde, cuando salían para tomar el bus de regreso a Santiago.

Afuera de la casa donde vivían con Nahuel por esos días, había personas que disparaban, a lo lejos. La niña distinguió a uno de ellos: su tío Jerónimo. Se intentó esconder detrás de un árbol, pero su madre la tomó en sus brazos y volvieron corriendo a la casa. El padre les preparó un escondite en la leñera y les dijo:

—¡Esperen aquí! ¡Escóndanse rápido! ¡Iré a ver qué sucede!

—Papá —dijo la niña—, vi a mi tío… estaba disparando.

Su padre las mira y les repite que esperen. Al esconderse entre los sacos llenos de trigo, ella recordó lo que había escuchado cuando los mayores hablaron delante de ella: todos los mapuches de las comunidades están asustados porque los pacos (como les dicen a los carabineros) están por todos lados.

Se han llevado a varios mapuches presos, acusándolos de tener información de los incendios o robos de madera que han sucedido en los últimos meses.

Apenas lo piensa, se desespera y grita:

—¡Mi padre y mi tío no han robado nada, ellos no saben nada!

Su madre la hace callar y la aprieta hacia su cuerpo. En ese instante, varios hombres entraron al lugar. Le daban vuelta lo que encontraban en su camino. Ellas, con los ojos cerrados y apretando sus cuerpos, no veían nada.

—¡Busca las armas y cualquier cosa que identifique a los que escaparon! —se gritaban entre ellos.

Ellas no entendían mucho, pero percibían que estaban muy enojados. Solo pensaban en escuchar la voz de Nahuel. La niña creía que su padre entraría y echaría a esos hombres.

—¡Váyanse! —les diría—. No molesten más, ¡están asustando a mi hija!

«Mi padre nos defenderá, él nos salvará, entrará con mi tío y los echará a todos», se repetía en su cabeza para calmarse.

No fue así. Ninguno de los dos apareció. En el ínterin, alguien revolvía las cosas cerca de ellas. Al parecer las vio, pero no dijo nada, les arrojó más sacos encima. Elisa y María G sintieron la acción del hombre, aún con los ojos apretados, como tratando de taparlas para ocultarlas mejor.

Después de una hora, más o menos, cesaron los ruidos. No había nadie y todo oscureció. Buscaron sus cosas y salieron de allí, caminaron por el lugar hasta que María G se quedó dormida. Elisa la tomó en brazos y siguió el sendero hasta desaparecer en la oscuridad.

❄❄❄❄❄

La niña despierta asustada en un lugar que no conoce. Mira a su lado: Elisa no para de llorar. Recuerda lo sucedido y se inquieta.

—¿Qué pasa? ¿Dónde estamos? ¿Dónde está mi papá?

—Tranquila, tranquila —entre sollozos, su madre la intenta calmar.

—Ya vendrá Nahuel. Él necesitaba ayudar a tu tío y a sus amigos, pero en cualquier momento me llamará.

Elisa no habló más. La chica intentó volver a hablar sobre lo recién vivido y su madre no se lo permitía, mostrándole su molestia al callarla.

La mujer presentía algo malo, se preguntaba una y otra vez qué había sucedido en el enfrentamiento, dónde estarían todos, ¿qué pasó con Nahuel?

El motel donde se alojaban era el mismo en el que Nahuel y ella estuvieron el día que fueron a hacer compras en la ciudad. Elisa llegó con María G en brazos, en mitad de la madrugada, y le explicó lo sucedido a la recepcionista. La señora, amable, le cobró solo algunos pesos y la dejó quedarse por los días que necesitara.

Durante dos días no se levantaron. Elisa salió a comprar algo para comer, lo más cerca al lugar y volvió con rapidez.

El miércoles, como a las diez de la mañana, sonó el celular. La madre contestó apresuradamente. Mientras hablaba iba llorando, con desconsuelo, mientras abrazaba a su hija.

—¡Tenemos que irnos! —dice al terminar.

El sur para María G ya no era tan hermoso ahora. Su madre lloraba intranquila y su padre no estaba con ellas. En silencio, guardaron sus pertenencias en la única maleta que usaban para viajar. La madre tomó la mano de la niña y partió hacia un lugar desconocido.

❄❄❄❄❄

El trayecto se hizo en silencio. Para María G todo era muy extraño, pero ante el llanto de su madre no preguntó más.

Llegaron a un lugar tétrico, lleno de uniformados.

—¿Usted es la señora Elisa M? —pregunta un hombre.

—¡Sí, soy yo! —responde ella, con angustia.

—Pase por aquí —y, haciendo un ademán a una mujer joven, con uniforme, le dice—: Quédate tú con la niña.

Elisa le hace un gesto a María G y ella se queda con la mujer.

A unos pasos, entra a un lugar frío y gris. Dos personas con batas blancas le muestran el cuerpo de un hombre muerto. Elisa debe identificarlo.

—¿Es este Nahuel C?

El mundo se va haciendo más pequeño para ella. Asiente con la cabeza y escucha.

—El hombre fue baleado, pero no saben quién lo hizo, se está haciendo una investigación. Necesitamos su permiso para hacerle la autopsia.

Ella solo asiente con la cabeza. En un gesto rudo, uno de los hombres le dice:

—¡Firme aquí! —pasándole una hoja y un lápiz con algo escrito. Elisa solo firma.

Al salir de allí sigue sumergida en silencio, llorando. Toma a María G de la mano y se dirige a cruzar la calle.

Tras ellas aparece Manuel, el primo mayor de María G. Este sabía todo lo sucedido el día de la balacera. Ellos, junto a Jerónimo, fueron arrestados. Estuvieron en prisión con varios otros comuneros mapuche del sector. Juana no los dejó solos y se fue cabalgando tras el carro policial donde iba su familia.

Solo estuvieron un día encarcelados. Su madre logró su liberación, tanto por ser menores de edad como por sus ruegos. Al volver al campo, se enteraron de la noticia de la muerte de Nahuel. Salieron de inmediato en la búsqueda de Elisa y María G.

Manuel esperaba desde hacía dos días afuera de la morgue de la ciudad, sabiendo que las convocarían allí en algún momento. Al verlas salir corrió hasta ellas y las tomó del brazo para llevarlas de vuelta al campo.

—Iremos a casa de mis padres —les dijo sin comentar nada más.

Dos días después de enterarse de la noticia, Elisa seguía muda. Vestida de negro y con un ramo de flores que le pusieron en sus manos, caminó junto a María G hacia el cementerio.

Al entrar, las personas las miraron y se acercaron, hicieron fila para saludarlas. En el centro se encontraba un ataúd que se prepararon para sellar. María G soltó el brazo de su madre y corrió hacia el féretro. Adentro de este, el cuerpo de su padre está estático. María G, al verlo queda inmóvil: no ve, no oye, tampoco siente el grito que aflora desde su interior.

Silencio de desesperanza

Un año completo pasó. Elisa y María G esperaron que se investigara la muerte de Nahuel. Ni ellas hicieron algo ni alguien se acercó a decirles qué había pasado con la investigación. Nadie dijo, en realidad, quién mató al hombre. Aunque sabían que esa tarde los carabineros ingresaron a la vivienda, nadie vio o escuchó que uno de estos uniformados le hubiera dado muerte.

Ellas se quedaron viviendo con Juana y sus hijos, en la casa del tío Jerónimo. Este se encontraba preso desde el día de la balacera. Todo para la niña era un sinsentido, disfrutaba un poco con las lecturas que le enviaba la escuela, pero no era como antes. Su tía Juana había pedido a la profesora de la comunidad que le ayudara con la educación de su sobrina. María G sentía que sus ganas por estudiar, jugar, reír y hablar ya no estaban; tampoco quería comer, vomitaba seguido y veía a los seres de sus sueños en medio del día, sin darles importancia ni temerles. Cada vez se sentía más enferma, pero no decía nada, callada como su madre, seguía como zombi. Solo que esta vez no era un juego.

Su madre ayudaba en la casa y en la huerta. No hablaba, tampoco comía; la tía obligaba a ambas a alimentarse, dándole cucharadas en la boca, pero Elisa no reaccionaba. Entre delgada y muy ausente, a veces se le veía caminar sin rumbo entre los árboles del bosque.

Manuel y Juan intentaban alegrar a María G y a su tía, pero muy pocas veces lo lograban. Además, ambos tenían roles de adulto ahora que su padre no estaba.

Solían visitarlo en la prisión y, cuando en las noticias de la televisión mostraban que los presos hacían huelga de hambre, los hijos iban a la ciudad a acompañarle desde afuera. Juana lloraba cuando veía las noticias, se preocupaba mucho por Jerónimo, pero no podía dejar el trabajo de la tierra o los animales, así como tampoco a su cuñada y sobrina, a quienes veía cada vez más enfermas. Entonces, enviaba a sus dos hijos de inmediato a las afueras del recinto, donde se amotinaban, junto con otros comuneros mapuches y sus familias, para que ninguno sintiera, ni adentro ni afuera, que estaban solos. Pasaban día y noche acompañando con gritos y pancartas la huelga, todo con la intención de que se supiera en el país lo que sucedía con sus presos.

Los hermanos, cuando estaban en la casa, trabajaban el campo y en los descansos cabalgaban con su prima; no la dejaban sola. Se turnaban para llevarla en el anca del caballo más manso, parecía que la joven no se daba cuenta de nada.

—¡Afírmenla bien para que no se caiga o se asuste la niña! —gritaba la tía Juana a sus hijos.

Una noche, María G siente, como de costumbre, que la serpiente la envuelve, la aprieta. Esta vez, la levanta y la sube muy alto. En su sueño aparecen hojas de colores de diferentes árboles que caen sobre ella, al estar cubierta por completo con estas hojas, la serpiente se aleja y la joven queda depositada al borde de un río. Tiene la misma sensación de tranquilidad y seguridad que solo la sentía junto a su padre. Al mirar al horizonte se ve todo azul. De pronto, viajando hacia ella ve una barcaza, al acercarse, observa a Nahuel que le sonríe y le abre los brazos. Ambos corren a través del agua, se abrazan y se besan. Mientras Nahuel le habla, se escuchan voces en otra lengua y saltan en el agua serpientes y animales marinos que emiten sonidos melodiosos.

—¡Hija mía! —le dice—. Todo este tiempo te he visto triste.

—Papá, ¿por qué no estás conmigo? ¿Por qué estás muerto? —le interrumpe la joven, llorando de forma sentida.

—María G, hija de mi alma, yo estoy en paz —la mira y la niña puede ver una sombra azul brillante que lo cubre—. Solo quiero que tu espíritu siga latente, que tu vida se construya con mi espíritu y con los de tus antepasados. Todos los que estamos en el azul inmenso del *Wenu Mapu* te traspasaremos el *Newen.* Nosotros queremos que tengas el regalo más preciado que podamos darte. Tu abuela tenía este don y ahora tú tendrás todos sus conocimientos de la cosmovisión. Te pido, por favor, que te abras al aprendizaje de tus raíces, para que seas merecedora de este don de *Ngenechen.* Cuéntales a tu madre y a tu tía todos tus sueños y pídeles que te lleven a una *machi* sabia de nuestro pueblo. ¡Alégrate porque estaremos cerca de ti! Dile también a Elisa que te acompañe en este camino y estaré a su lado para siempre...

Las hojas se iban desprendiendo de María G. Cada una llegó a la cama, junto a la joven, dejando todo perfumado. El ambiente era tan suave como la voz e imagen de su padre que se esfumaba con la brisa que entraba por la ventana.

La espiritualidad y el propósito de vida

Al día siguiente, María G encontró algunas hermosas hojas en su cama, así como la ventana abierta. Por ella entraba un aire fresco y con aroma a flores medicinales. Estaba segura de que era verdad, que no era una locura. Salió corriendo, gritando a su madre a su tía.

—¡Mamá! ¡Tía Juana! —gritó—. ¡Soñé con mi papá y siempre sueño muchas cosas! ¡Él dice que estará con nosotros y que nos ama! —las palabras se le enredaban en la boca—. ¡Mamá! ¡Mamá! ¡Tía!

Cuando estaba más calmada pudo decirles todo lo que sabía. Su tía le pedía, una y otra vez, que le contara sus sueños. Juana conocía muy de cerca la cosmovisión y estaba admirada de la comunicación espiritual con el *Wenu Mapu* que tenía su sobrina.

Su madre no lograba entender qué sucedía, le costó días darse cuenta del vínculo místico que su hija le explicaba. Sin embargo, con solo ver la alegría de su señorita, Elisa pudo sentir que, después de mucho tiempo, veía realmente a su hija. Sintió que podía abrir sus ojos y también conectarse con el lugar donde se encontraba.

La tía Juana se comprometió esa misma tarde a llevarla donde la vieja *machi*, que vivía aislada cerca de los cerros que bordeaban su comunidad. Cabalgarían algunas horas y las acompañaría Manuel, quien llevaría al anca a María G, para protegerla.

Antes de salir le dijo a Elisa:

—Esta *machi* tiene gran sabiduría y poder curativo. Es una reconocida autoridad religiosa y figura central de la medicina mapuche.

Su hijo la interrumpió, llamándolas para salir.

—¡Vamos rápido! —dijo Manuel—. Nos queda un largo camino para llegar al lugar.

La *machi* esperaba a los visitantes. En sueños ya le habían explicado el papel que tendría ella con respecto a María G. Estaba muy alegre de traspasar todos sus conocimientos, sobre todo de haber sido escogida por los espíritus de los antepasados para esta labor.

Al verla llegar, la anciana sale a su encuentro. La abraza y, en su abrazo con ojos cerrados, se transmiten algo difícil de explicar. María G sintió voluntad, energía; su despertar a la vida fue increíble, se percibió en ese mismo instante a una joven más grande, hermosa, con fuerza y muy feliz.

Desde esa tarde, María G comprende su destino, reconoce a su pueblo y a sus ancestros, quienes, a través de los sueños, le posibilitaron conocer una cosmovisión maravillosa. Así mismo, pudo perdonar y fortalecer la esperanza de un cambio verdadero.

A tres meses del abrazo, la joven cuenta con una energía maravillosa, no solo espiritual, también en su conciencia. Junto a la *machi* convoca a una asamblea en su comunidad, pidiendo avanzar en la unión de su pueblo. María G es ahora una líder, una consejera, un *werken* que dialoga y expresa todo lo que se requiere para la unión.

❄❄❄❄❄

Viaja a caballo por diferentes sectores de la región junto a su madre y la *machi*, logrando reunir a su gente en el clamor de justicia, de respeto hacia su etnia y hacia la madre tierra. Ella es el vínculo entre comunidades, consejeros, *machis*, dirigentes y *lonkos* mapuches de diferentes sectores. Su peregrinar traspasa la Araucanía, llega a otras regiones de Chile, allende a las montañas, baja también a la Argentina. A muchos le han comunicado en sueños: «Es el momento de la unión, reconoce a tu líder. Hay una mujer mapuche que emana en su espíritu la sabiduría del *Wenu Mapu*».

Después de dos meses de viaje, vuelven las mujeres a reencontrarse con su comunidad. María G, Elisa y la machi vienen acompañadas de muchas más personas.

Juana y sus primos no se separan de María G y su madre. Al pasar de las horas, se gesta la revuelta. Ellas comunican lo que se hará y juntos, al sol del atardecer que los guía, marchan hacia la ciudad para pedir que sean liberados los presos del conflicto mapuche.

La represión por parte de carabineros fue dolorosa. Familias completas quedaron en el suelo, llorando por los golpes. La ley agredió sin discriminación: niños, ancianos, mujeres. No obstante, esto pareció ser alimento para la lucha.

El pueblo acampó en la periferia de la ciudad. Los heridos fueron atendidos por personal de la Cruz Roja. Durante las manifestaciones no hubo muertos. A las semanas de tomar las calles, consiguieron liberar a los comuneros mapuches. Se escucharon gritos y sollozos de alegría, reviviendo el clamor de su afafán mapuche: *¡marichiweu! ¡marichiweu! ¡Ayayayayaiiiii!*

El cantó se escuchó en todo el territorio chileno, en todas las naciones del mundo. Los medios de comunicación (televisión, radio, internet) estaban atentos a los relatos que demostraban cómo la unión sí hace la fuerza.

María G, una niña-mujer, líder y machi, ha unido al pueblo mapuche hoy día, el cual sigue luchando, sin detenerse, para que sus peticiones sean resueltas.

De vez en cuando regresan a la casa del tío Jerónimo, ahora libre, y se les puede observar, a Elisa y a su hija, en la noche junto al río, con los brazos abiertos y sonriendo. Ambas han escogido un trayecto de historia espiritual y lucha ancestral para estar cerca de Nahuel. En ese paisaje soñado se dice que él es quien las visita, transmitiéndoles en sueños su amor, las memorias de ese azul espiritual que les devolvió a ambas la alegría por la vida.

Glosario

Afafán: grito de guerra mapuche que alienta, da energía y fuerza para seguir luchando. Se emite también en ceremonias y en eventos de importancia. ¡Marichiweu! *¡Marichiweu!* en mapudungun, lengua mapuche, significa 'diez veces venceremos'. *Mari* es 'diez' en el sistema numérico mapuche. Este afafán va acompañado del grito y entonación de ¡Ayayayayaiiiii! Este último se encuentra en variadas celebraciones de alegría.

Araucanía (la): es una de las dieciséis regiones en que se divide Chile. Es la puerta de entrada a la zona sur del país. A nivel administrativo está compuesta por dos provincias: provincia de Cautín: Temuco (capital regional) y Provincia de Malleco: Angol (capital provincial). A la primera provincia le pertenecen Padre Las Casas, Lautaro, Perquenco, Vilcún, Cunco, Melipeuco, Curarrehue, Nueva Imperial, Carahue, Saavedra, Pucón, Villarrica, Freire, Pitrufquén, Gorbea, Loncoche, Toltén, Teodoro Schmidt, Cholchol. A la segunda: Collipulli, Renaico, Lonquimay, Curacautín, Ercilla, Victoria, Traiguén, Lumaco, Purén, Galvarino y Los Sauces.

Azul (*kallfü*): es el color sagrado para la cosmovisión mapuche. Se dice que los mapuches vienen del azul del oriente y vuelven, al morir, al país azul. Representa el orden, el universo y la vida; es símbolo de la espiritualidad o lo sagrado. Para

Elicura Chihuailaf Nahuelpan, escritor y poeta chileno, el azul es el espíritu del mapuche; el alma proviene de este color. Esta es la enseñanza que le dejaron sus antepasados.

Carabineros: es una institución policial militarizada. Fue creada el 27 de abril de 1927 y su nombre deriva de los cuerpos de caballería que portaban un arma denominada carabina. La violencia policial hacia los mapuches de Chile revela las limitaciones inherentes del sistema de protección regional y de defensa de los derechos humanos. En lenguaje común se les apoda «pacos», la mayoría de las veces este es un nombre despectivo, aún no se tiene claro de dónde surge este apodo.

Comunidades mapuche: las comunidades mapuche o *lof* son grupos consanguíneos, principalmente patrilineales, basados en el parentesco y en la cercanía social y racial; es decir, se impone primero lo consanguíneo familiar y luego lo comunitario para pertenecer a una comunidad.

Conflicto mapuche: es el actual conflicto entre el Estado de Chile y el pueblo mapuche. Tiene como eje la disputa por territorios indígenas cuya pérdida significó destinar a las comunidades originarias a la pobreza. Además, la propiedad de estas tierras en manos de empresas extractivas ha implicado graves daños ambientales. La población mapuche vive cierta discriminación racial y social en sus relaciones con el resto de la sociedad de Chile y también de Argentina.

Las principales demandas pueden agruparse en cuatro categorías: la autonomía jurisdiccional (derecho propio), la recuperación de tierras ancestrales, libertad económicoproductiva y el reconocimiento de una identidad cultural. Tanto en Argentina como en Chile existen algunas iniciativas de recuperación de sus tierras históricas, derechos o libertades. No obstante, se han encontrado no solo en el pasado sino en este nuevo siglo con la negativa de los gobiernos de turno, empresas e individuos particulares.

Cosmovisión: la cosmovisión es la concepción que un grupo social tiene de su cosmos, es decir, de su entorno natural y social inmediato. El mapuche concibe que todos los animales, plantas, ríos, montes y el ser humano poseen un espíritu: aquel que les da vida y aliento. No se puede ocupar lo que viene del espíritu del *Wenu Mapu* sin antes haber pedido permiso o haber orado.

Chaw Ngenechen: es el Dios Padre. *Chaw:* Padre y *Ngenechen*: Dios. Para el mapuche, sus expresiones de fe dan cuenta de que es el único sustento que gobierna la naturaleza.

Ecosistema: es un sistema biológico constituido por una comunidad de organismos vivos y el medio físico donde se relacionan. Se trata de una unidad compuesta de organismos interdependientes que comparten el mismo hábitat. Los ecosistemas suelen formar una serie de cadenas que muestran la interdependencia de los organismos dentro del sistema.[1] También se puede definir así: «un ecosistema consiste en la comunidad biológica de un lugar y de los factores físicos y químicos que constituyen el ambiente».

---

1 Término extraído de: https://derecho.uchile.cl/centro-de-derecho-ambiental/columnas-de-opinion/cdaenlosmedios-valentina-duran-glosario-de-una-constitucion-verde

Empresas forestales: es una organización dedicada a actividades o persecución de fines económicos para satisfacer las necesidades del mercado de productos forestales, a la par de asegurar sus inversiones. La industria forestal se asocia, por gran parte del movimiento mapuche, a la tercera invasión sufrida en su territorio ancestral.

> La primera fue la de la monarquía española, quienes delimitaron la frontera en el río Biobío (1536-1818). La segunda fue la del propio Estado chileno, iniciada en 1861, con el exterminio de una parte significativa de la población mapuche y el despojo de su territorio. La tercera desde 1974, corresponde a la expansión de la industria forestal; esta se inicia en la dictadura militar de Pinochet y en plena contrarreforma agraria, destinada a devolver a la oligarquía nacional las tierras recuperadas por campesinos chilenos y mapuches durante los gobiernos de Frei Montalva y Salvador Allende.[2]

Machi: término femenino debido a que la mayoría son mujeres y los hombres machi igualmente tienen el espíritu femenino. Además se expresa en singular, según la lengua mapudungun. Son las mediadoras entre el espacio del *Wenu Mapu* y el mundo mapuche. Protegen el bienestar de la comunidad y de sus enfermos, y combaten los espíritus malignos. Para

2 Latorre, J. I. y Rojas Pedemonte, N. (2016). «El conflicto forestal en territorio mapuche hoy». Ecología Política. Recuperado el 16 de marzo del 2023. https://www.ecologiapolitica.info/el-conflicto-forestal-en-territorio-mapuche-hoy/.

sanar a las personas o a la comunidad, realizan una ceremonia de sanación llamada *machitun* o *nguillatun,* la cual se compone de ritos con cantos y oraciones realizadas con el *kultrun,* instrumento sagrado de percusión y ramas del Canelo, árbol igualmente sagrado. En ella se sintetiza parte de la religiosidad de la cultura mapuche.

Mapuche: término que implica: *mapu* (tierra) y *che* (gente). Pueblo indígena que habita los actuales países de Chile y Argentina. De modo estricto, se refiere a los que habitaban Arauco, los araucanos, o el territorio que corresponde a la actual región de la Araucanía en Chile y sus respectivos descendientes.[3] De modo genérico, abarca a todos los que hablan la lengua mapuche o mapudungun, incluyendo a varios grupos que existieron entre los siglos XVII y XIX a través de la expansión hacia el este de la cordillera de los Andes, en la actual Argentina.

Mapudungun: es la lengua mapuche lengua de la tierra o el habla de su gente. Su número de hablantes activos se estima entre 100 000 y 200 000 y el número de hablantes pasivos se estima en unas 100 000 personas más. Ha influido en el léxico del español en su área de distribución y, a su vez, ha incorporado préstamos lingüísticos del español y del quechua.[4]

Newen: fuerza, la energía profunda de espíritus mapuche.

Peñi: hombre, hermano.

---

3 Definición extraída de: https://www.wikiwand.com/es/Mapuche

4 Definición extraída de: https://es.wikipedia.org/wiki/Pueblo_mapuche

Serpientes: en la cosmovisión mapuche se dice que las serpientes forman parte del origen de este pueblo y que en su figura reside el equilibrio del universo. Específicamente en la leyenda de Kai Kai y Treng Treng es donde puede reconocerse esta representación. Cuenta la historia que dos serpientes grandes se enfrentaron. Una de ellas, Kai Kai, elevaba las aguas del océano poniendo en peligro la vida del pueblo mapuche. Por su lado, Treng Treng respondía elevando los cerros, donde el pueblo se refugiaba. Así se mantuvieron por varios días hasta que Treng Treng finalmente venció a Kai Kai. Sin embargo, durante este enfrentamiento muchas personas cayeron al agua. Algunas se convirtieron en piedras, otras en peces.

Sueños mapuches: la *machi* mantiene un diálogo con la naturaleza que se ve reflejado en los *pewmas* (sueños premonitorios). Estos sueños mapuches han constituido las decisiones más importantes (guerras, nacimientos, roles jerárquicos) de la historia de este pueblo nación. Desde los orígenes del pueblo mapuche, el *pewma* ha representado un elemento de relevancia e importancia en torno a las grandes decisiones de esta cultura milenaria, tanto en los tratados de paz como en los de guerra. Más aún, es conocido que muchas decisiones no se tomaban sin escuchar las lecturas de una *machi*.

Visiones mapuche: tradicionalmente los mapuches han experimentado el llamado *perimontun* o visión. Tal como aparece documentado, es como un milagro, un agüero negativo, un prodigio, algo incluso sobrenatural (una señal de la divinidad), un hecho extraordinario, experimentado por algunos miembros de las comunidades. En tiempos más recientes, el *perimontun* ha sido algo más privativo de las/los *machis*, quienes, durante esas visiones serían llamados por la divinidad para ejercer su oficio.

Wenu Mapu: tierra de arriba, el cielo en que residen seres protectores y los espíritus de los antepasados.

Winka: hombre que no es de su etnia, en lengua mapuche significa 'ladrón', 'usurpador'.

Lecturas recomendadas

El príncipe escorpión (Daniel Ernesto Vara Torres)

Esteban Firelight II. Reliquia de Goldnote (Catalina Monsalvez)

El mundo no es un Isekai (Kaoru Yu)

Más allá de lo simple (Sahida Ravat)

www.ingramcontent.com/pod-product-compliance
Lightning Source LLC
LaVergne TN
LVHW042230190726
843491LV00003BA/1004